치매에 걸린 강아지와 간호하는 고양이

시노와 쿠우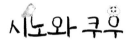

지은이 **하루(晴)** 옮긴이 **이윤정**

세상에서 유일한 행복이
사랑하고 사랑받는 일이다.

우리는 유기동물인 개와 고양이로부터

진정한 배려, 사랑의 가치를 배울 수 있다.

차례

1. 간질 증세로 경련과 발작을 일으키는 반려견, 어떻게 해야 할까?

2. 값비싼 사료보다 중요한 건, 꼼꼼한 예방접종

3. 견종에 따라 사망 원인이 다르다

4. 개와 고양이가 한집에서 잘 지낼 수 있을까?

시노 양을 소개합니다

이름 : 시노   성별 : 여자(♀)

나이 : 2011년 보호 당시 10세가 넘은 할머니 개

특징 : 나이는 꽤 있지만 착하고 귀여운 얼굴의 소유자

좌우명 : '내 나이를 맞춰봐, 세계 최강 절대 동안!'

좋아하는 것

닭가슴살

차분한 성격이 장점

비스킷

간식 맞추기 게임

바움쿠헨

(나무 모양의 독일식 케이크-역자주)

불로

(밀가루, 계란, 설탕을 재료로 하
여 살짝 구운 둥근 과자-역자주)

매력 포인트

선하고 착한 눈동자   폭신폭신한 꼬리   노견의 증거!
찰떡처럼 말랑말랑한 목덜미

시노와 처음 만난 날.
썩은 목줄을 제거한 후, 급히 사온 가슴줄
을 착용하고 있다.

시노와의 첫 만남

    시노와의 첫 만남은 2011년 6월 어느 날이었다. 나는 평소와 마찬가지로 출근을 하는 길이었다. 그때 개 한 마리가(마치 싱글벙글 웃는 듯한 얼굴로) 길거리를 총총 걸어가고 있었다. 나는 차 안에서 녀석을 처음 보았고, 그것이 우리의 첫 만남이었다.

    시노의 첫 인상은 한마디로 '귀엽다!'라는 표현이 잘 어울릴 만큼 인상적이었다. 물론 그때만 해도 내가 녀석을 데려다 키울 거라고는 상상조차 못했다. 기억을 더듬어보면 처음 개를 보았을 때, 목에 목줄이 걸려 있었다. 그러나 개의 주변에는 아무도 보이지 않았다. '혹시 주인 잃은 개가 아닐까?'라는 생각이 들었고, 생각이 여기에 미치자 마음이 쓰였다. 하지만 나는 출근 중이었기에 더 이상 개에 신경을 쓸

수 없었다. 그렇게 회사로 출근을 한 이후로는 아침에 본 그 녀석을 까맣게 잊고 있었다.

이윽고 퇴근 시간이 되자 나는 집으로 차를 몰았다. 여느 때처럼 반대편 차선이 꽉 막혀 있었다. 바로 그때였다! 목줄을 두른 개 한 마리가 나의 차선 앞쪽으로 용감히 내달렸다. 순간 나는 깨달았다. 하루 종일 잊고 있던, 아침 출근길에 보았던 그 녀석이라는 것을…

'아… 저러다 차에 치기라도 하면 큰일인데!'

나는 본능적으로 녀석이 더 큰 위험에 빠질 수도 있을 거라고 생각했다. 서둘러 갓길에 차를 대고서는 멀찍이 달아난 개를 쫓아 뛰었다. 그러나 과연 네 발 달린 동물의 달음질은 생각보다도 훨씬 빨랐다.

'아… 너무 빨라! 이러다가 놓치고 말겠는걸.'

개는 차도에서 인도로 진로를 바꾸어 내달렸다. 잡힐 듯 말 듯 아슬아슬 따라잡히지 않는 속도로 달아났다. 이 상황을 지켜보고 있던 친절하고 용감한 남자 고등학생이 나를 돕지 않았다면, 아마 눈앞에서 녀석을 영영 놓쳤을지도 모른다. 그 학생의 도움을 받아 무사히 개를 붙잡을 수 있었다. 그렇게 붙잡고 살펴보니 앞가슴 부위 전체가 검붉은 상태였다. 나는 그것이 상처로 인한 피투성이라고 판단했다. 평소차에 가지고 다니던 작은 빗으로 상처 부위의 털을 조심스럽게 빗겨주었다. 그리고 잔뜩 겁에 질린 녀석을 안정시킨 후 몸을 감싸 안아주었다. 왠지 이 녀석을 끝까지 지켜주어야 한다는 의무감을 안고서 개를 차에 태워 집으로 돌아왔다.

집에 도착하자마자 개의 목을 바싹 조이고 있던 목줄을 간신히 분리해 내었다. 목줄의 재질은 가죽이었다. 목줄은 손을 대기 싫을 만큼 썩어 있었고 심한 악취까지 풍겼다. 나는 개의 몸을 구석구석 다시 한번 살펴보았다. 특히 가슴 부위의 검붉은 곳을 유심히, 조심스럽게 관찰하기 시작했다. 가슴 부위의 피투성이로 보였던 곳은 짓물러져 검붉게 변색된 피부였다. 뿐만 아니라 목덜미부터 가슴, 배, 엉덩이에까지 온몸이 짓무른 심각한 상태였다. 수의사의 도움이 필요한 상황이라고 생각했다.

동물병원 수의사 선생님은 '썩은 목줄에서부터 온몸으로 피부병이 번졌을 것'이라고 진단해 주셨다. 수의사는 녀석이 건강한 피부를 회

← 시노와 만난 첫 날, 왠지 모르게 불안한 표정, 상처가 드러난 목덜미 🫠
→ 한동안 시노가 지내야 할 집안의 현관 ☺

복하려면 주 1회 약용샴푸 목욕과 함께 연고 발라주기, 피부 관리에 도움이 되는 식이요법을 병행해야 한다고 처방했다. 나는 이 녀석이 주인을 잃어버린 개일지도 모른다는 생각이 들었고 동물보호센터에 주인을 찾아달라고 문의했다. 하지만 '그런 개를 찾는 사람은 없습니다'라는 말만 되돌아왔다. 주변에서 입양할 만한 사람을 찾아볼까 생각도 해보았지만, 녀석이 온몸에 피부병을 달고 있는데다가 노견(발견 당시 추정 나이 10세)이라는 점을 고려할 때, 입양이 쉽지 않을 거라는 생각이 들었다. 결국 고심 끝에 우리 집에서 녀석을 기르기로 결정한 후, 사랑스러운 이름 '시노'라고 부르기로 했다.

시노의 목 주위로 특히 상처가 심했다. 따라서 처음 집에 데려와 산책을 할 때에는 목이 아닌 가슴에 줄을 착용시켰다. 그리고 목줄 사용이 가능해질 때까지 집안 현관에서 지내도록 조치했다. 수의사의 첫번째 처방인 주 1회 약용샴푸 목욕 시간은 정말 난장판이었다. 목욕을 싫어해 발버둥치는 시노와의 작은 전쟁이 반복되곤 했다. 시노는 물에 흠뻑 몸을 적시거나, 따뜻한 바람으로 털을 말릴 때마다 겁먹은 표정을 짓곤 했다.

그렇게 몇 달이 흘렀다. 시노와 나의 노력의 결과 '어쩌면 더 이상

← 겨울에는 목줄 착용이 가능할 정도로 회복 ☺

→ 산책 덕후! 휴일이면 아침, 점심, 저녁 하루 3번 산책 😛

새 털이 나지 않을 수도…'라고 걱정했던 상처 주변에서 새 털이 자라나기 시작했다. 새롭게 자란 털들은 깨끗했고 윤기가 흘렀다. 또한 조금씩 떨던 뒷다리도 시간이 지날수록 호전되어 어느 정도 점프할 수 있을 만큼 회복세를 보였다. 건강한 털과 경쾌한 발걸음, 그리고 노견임에도 불구하고 귀여운 얼굴을 가진 시노와 산책을 나가면, 녀석이 10살 넘은 개가 아닌 어린 강아지라고 오해하는 사람들을 종종 만날 수 있었다. 그런 이야기들은 시노가 건강을 회복했다는 증거였다.

시노의 건강이 어느 정도 회복되자, 현관에 임시로 만들어주었던 자리에서 마당으로 이사를 시켜주었다. 그러자 시노는 좁은 현관보다 넓은 마당에 금세 적응했다. 땅에 구멍을 파기도 하고, 집앞을 지나는 사람들에게 작은 행복을 전해주는 치유의 존재가 되어주기도 했다. 그러나 애교나 붙임성은 일절 없는 다소 쌀쌀한 그녀였다. 나는 시노를 통해 반려견과 처음 생활해 보았는데, 개를 키우는 경험이 부족했던 터라 적잖이 고생을 해야 했다. 그러나 시노와의 생활은 하루하루가 신선했고 즐거운 날들이었다.

1. 쿠우를 물끄러미 바라보기
2. 깊은 생각(?)에 잠겨 있는 시노

3. 쿠우를 따라 소파에 살짝 올라가 본다
4. 난생 처음 올라와 본 소파의 느낌은 Good!

쿠우 군을 소개합니다

이름 : 쿠우　　성별 : 남자(♂)
나이 : 2011년생으로 짐작
특징 : 서비스 정신이 왕성한 조금은 악당 기질의 고양이
좌우명 : '건들지 마라, 장난감은 모두 내 것! 시노의 밥도 내 것!'

좋아하는 것

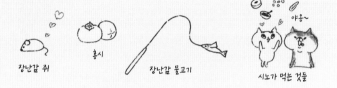

장난감 쥐　　　홍시　　　장난감 물고기　　　시노가 먹는 것들

매력 포인트

시노를 지탱해 줄　　동그스름한 머리통　　먹이를 훔쳐갈 때 빠른　　맞으면 꽤 아픈,
듬직한 엉덩이　　　　　　　　　　　　　공격을 날리는 앞발　　　말린 꼬리

쿠우를 처음 만났을 때에는 왠지 잔뜩 심통이 난 듯한 표정을 하고 있었다.

쿠우와의 첫 만남

2012년 11월 7일, 회사에서 일을 하다가 잠시 바람을 쐬러 바깥으로 나갔다. 그때 발 밑을 몰래 지나가는 고양이가 눈에 들어왔다. 나와 눈이 마주친 고양이는 얌전한 얼굴로 날 바라보며 금방이라도 쓰러질 듯한 표정으로 '쿠우~' 하고 소리 내어 울었다. 고양이의 울음은 마치 나에게 '도와주세요!'라고 말하는 것처럼 들렸다. 어딘가 많이 아픈 것처럼 보였다. 가까이 다가가도 녀석은 크게 저항하지 않았다. 나는 곧장 고양이를 품에 안고 자동차로 30분 거리에 있는 집으로 데리고 갔다. 품에 얌전히 안겨 있는 고양이를 어머니에게 맡긴 후 다시 회사로 돌아왔다. 그리고 퇴근 후 집으로 돌아가 고양이를 유심히 살펴보았다. 얼굴은 진드기투성인데다가 눈곱으로 엉망인 눈, 콧물로 뒤범벅이 된 코, 심지어 앞니도 찾아볼 수 없었다. 온몸에는 피부병이 번져 있을 뿐만 아니라 털들이 심하게 엉켜 있고 오염도 심했다.

고양이는 자꾸만 '쿠우~ 쿠우~' 하고 울었다. 그래서 나는 녀석에게 '쿠우'라는 이름을 붙여주었다. 쿠우는 첫 날부터 음식을 잘 먹지 못했다. 뭔가를 먹으면 곧바로 토하기를 반복했다. 병원에 데려가 진찰을 받았는데, 수의사 선생님의 말에 따르면 '쿠우의 대장에 염증이 생겨서 소화 흡수가 잘 되지 않는 것 같다'고 진단해 주셨다. 수의사는 식이요법 치료를 권유했다. 쿠우의 앞니가 없는 이유도 진찰을 통해 알 수 있었다. 아마 바이러스 때문에 이가 모두 녹은 것 같다는 진단이었다. 스스로 먹이를 구하지 못하는 고양이의 경우 다른 고양이들의 대변을 먹는 버릇(식분증)이 생길 수 있다고 한다. 그 말을 들으니 마음이 아파왔다. 다른 고양이의 배설물로 영양을 보충하고 있었다니…

이어진 엑스레이 검사 결과 쿠우의 오른쪽 뒷다리 관절에서 골절의 흔적이 나타났다. 쿠우는 안팎으로 성한 곳이 하나도 없는 완전히 만신창이 상태였다. 만약 그 상태로 길거리에서 더 생활했더라면 오래 살 수 없었을 것이 분명했다. 병원에서 몇 가지 검사를 더 한 후, 다시 쿠우를 집으로 데려와 일단 먹이는 일에 집중했다. 사람이든 동물이

← 늘어난 요양식과 구토 때문에 누런 색깔로 탈색이 된 입 주변. 시간이
　지나도 몸집은 새끼 고양이 크기 😢

→ 길고양이 시절에 다친 골절 탓에 토끼처럼 굽은 오른쪽 뒷다리 😢

↑ 친구들 사이에선 분위기 파악 제로! 눈치 없는 남자! 사회성 부족! ☺

↓ '대변은 화장실에서, 오줌은 방바닥이나 카펫에서'가 쿠우의 배변 습관 ◉◉

든 일단 잘 먹어야 원기를 회복할 수 있기 때문이다. 한 끼 분량의 요양식을 물에 불린 후 여러 차례 나누어 먹여보았지만, 쿠우는 음식을 먹자마자 토하기 일쑤였다. 쿠우는 토하기 직전 음식을 게워내는 '객, 객!' 소리를 내곤 했는데, 나는 그런 소리가 들릴 때마다 녀석에게 부리나케 달려가 보살펴야 했다. 쿠우의 아픈 날들이 지루하게 이어졌다.

쿠우는 배설물을 먹는 습관인 식분증과 자꾸 토하는 구토증 말고도 몇 가지 문제가 더 있었다. 그 당시 나는 쿠우 말고도 고양이를 몇 마리 더 키우고 있었다. 그런데 쿠우는 다른 고양이들과 달리 소변을 제대로 가리지 못했다. 다행히 대변은 고양이 화장실을 잘 이용했지만 소변의 경우 집안 곳곳, 이를 테면 카펫이나 방바닥 등에 볼일을 보곤 했다. 또한 다른 고양이들의 밥을 먹거나, 고양이들 간의 규칙도 잘 모르는 듯 행동했다. 오랜 시간 길거리에서 지내다보니 다른 고양이들과 함께 어울려 살아가는 모습이 부족했던 것이다. 결국 쿠우는 다른 고양이들을 화나게 만들었다. 녀석의 문제를 나열하자면 끝도 없다.

나는 이미 다른 고양이들뿐 아니라 노견 시노까지 맡고 있던 상황이었다. 내심 쿠우를 다른 사람이 키워주기를 바랐다. 사촌 언니에게

처음 쿠우를 만났을 때에는 결코 귀엽다고 말할 수 없는 미묘한 표정이었다 😄

부탁을 하여 그녀의 SNS를 통해 혹시 쿠우를 입양하고 싶은 사람이 있는지를 수소문했다. 하지만 적임자가 쉽게 나타나지 않았다. 손도 많이 가고, 사회성도 발달하지 못한 쿠우는 입양에 적절하지 않은 고양이였다. 하는 수 없이 녀석도 내가 거두는 수밖에 없었다.

나는 무엇보다 쿠우의 식사에 신경을 많이 썼다. 그리고 녀석이 오줌 싼 자리와 토사물들을 치우느라 손이 많이 갔다. 특히 녀석의 식분증 습관을 고치기 위해 화장실 안 배설물이 눈에 보이는 대로 늘 깨끗이 치워주어야 했다. 함께 지내는 다른 고양이들도 돌봐야 했기 때문에 다소 피곤한 날들이었다.

이렇듯 힘든 일상 속에서도 쿠우가 조금씩 안정을 되찾아가기 시작했다. 시간이 지날수록 함께 지내는 다른 고양이들도 쿠우를 친구로 받아들이기 시작했다. 배설물을 먹는 습관은 금세 고쳐졌으나, 끼니 때마다 수차례 나누어 먹여야 하는 식사와 구토증, 그리고 아무 데나 오줌을 싸는 증상은 3년이 넘도록 쉽게 고쳐지지 않았다. 제대로 먹지 못한 쿠우는 영양이 부족했고 작은 몸집 그대로였다. 함께 지내는 고양이들 가운데 쿠우가 단연코 손이 많이 갔다.

그렇게 시간이 흘러, 쿠우는 정서적인 면과 건강적인 부분에서도 정상적인 고양이로 성장해 갔다. 특히 친구 고양이 '치마'와 나이 많은 개 '시노'의 존재가 쿠우에게 큰 힘이 되어주는 듯 보였다. 쿠우는 고양이들 간의 규칙과 분위기를 하나씩 배워가면서 밝고 상냥한 제 성격이 겉으로 드러나기 시작했다. 또한 그토록 애를 먹이던 구토증과 오줌 싸기 증상이 조금씩 나아지기 시작했고, 건조 사료를 먹을 수 있을 만큼 건강해져 몸집도 점점 커져갔다.

시노와 쿠우의 운명적인 만남

고양이 쿠우와 개 시노의 만남은 2013년 여름이었다. 내가 둘을 데려다 키우기 시작한 건 그보다 1~2년 전이었지만, 녀석들은 서로의 존재를 모르고 있었다. 그도 그럴 것이 시노는 마당의 개집에서 생활했고 쿠우는 주로 집안에서 생활했기 때문에 그랬다. 특히 시노는 집안에 들어올 일이 거의 없었기에(처음에는 치료 때문에 집안에서 생활했지만, 이후로는 계속 마당에서 생활함) 쿠우가 집안에 있다는 걸 전혀 눈치 채지 못했다. 그러나 집안에서 지내던 쿠우는 유리창을 통해 시노의 존재를 알고 있었던 것 같다. 그때부터 쿠우의 일방적인 '첫눈에 반함'이 시작되었다.

당시 내가 부모님과 함께 살고 있던 집은, 날이 더운 여름이면 현관에 고양이 탈주방지 울타리를 설치하고 문을 열어둔 채 지냈었다. 그런데 어느 날 말썽꾸러기 쿠우가 탈주방지 울타리를 훌쩍 넘어 자신의 살던 경계 밖의 세상에서 우연히 시노를 만나게 되었다! 한순간이었지만 이 집에서 처음 시노와 마주한 쿠우는 못에 박힌 듯 그 자리에서 선 채, 검은 눈동자만 반짝반짝 빛내고 있었다. 그러나 시노의 반응은 쿠우와 정 반대였다. 즉 개는 고양이를 보고도 아니 본 듯 쿨하게 지나쳐 갔다. 이후부터 쿠우는 탈주방지 울타리 밖으로 열심히 목을 길게 뻗어 시노를 보고자 노력했다. 쿠우는 나를 향해 '저번에 본 그 친구, 또 보고 싶어!'라는 눈빛을 보이는 듯했다. 나는 직감적으로 쿠우가 시노에 관심이 있다는 것을 알 수 있었다.

좀처럼 현관을 떠나려 하지 않는 쿠우가 안쓰러웠던 나는 녀석을 품에 안고 마당이 잘 보이는 거실 창문으로 이동했다. 마당에는 한가롭게 노닐며 유유자적하는 시노가 있었다. 품 안에서 시노를 유심히 바라보던 쿠우를 비유하자면, 마치 사랑에 푹 빠져버린 소년의 모습과 같았다. 그 날부터였다. 사랑에 빠진 남자 쿠우의 일방적인 구애와 관심 끌기 작전이 시작되었다.

물론 당시만 해도 쿠우는 가혹했던 길고양이 생활의 트라우마에서

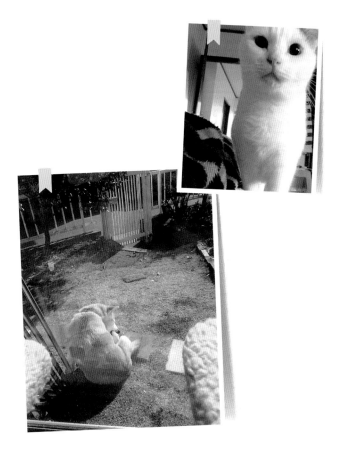

↑ 시노를 처음 쿠우의 눈빛은 반짝반짝! 😃
↓ 창문 너머 혼자 놀고 있는 시노, 그는 쿠우의 존재를 아직 모른다 😳

완전히 벗어나지 못한 상태였다. 그래서였을까, 창밖을 보는 일조차 두려워했고 혼자서는 창문에 가까이 가지도 못하는 상태(시노를 처음 보았을 때에는 말똥말똥한 눈으로 보고 있었지만)였다. 쿠우의 마음과 상관없이 한동안 둘의 엇갈린 날들이 지속되었다.

시노, 너를 만지고 싶어! 만지고 싶어!

일방적인 쿠우의 구애 작전

　첫눈에 시노한테 반해버린 쿠우. 그러나 한동안 떨어져 지내야 했던 두 녀석. 날이 좋은 계절에는 마당의 개집에서 지내야 했던 시노였다. 그러나 겨울이 다가오면서부터 일교차가 커지게 마련인지라, 나는 시노가 낮에는 마당에서 지내다가 밤에는 현관에서 잠을 자도록 자리를 만들어주었다. 그런데 시노가 현관에 머무를 때마다 쿠우는 우왕좌왕했다. 시노에게 가까이 가고 싶어서 안절부절했던 것이다. 쿠우의 눈은 오로지 시노에게 고정되어 있었고, 그녀의 동작 하나하나를 관심 있게 지켜보았다. 짝사랑에 빠진 소년의 모습이 있다면 아마 쿠우와 같았을 것이다. 하지만 고양이가 거북했던 시노는 쿠우의 애절한 눈빛이나 관심에 크게 신경 쓰지 않았다. 시노는 늘 쿠우를 완전히 무시하는 듯한 반응만 보일 뿐이었다.

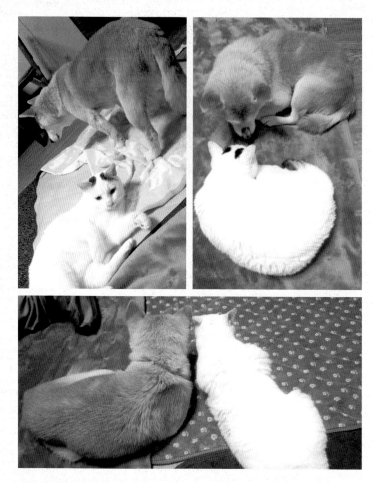

← 쿠우가 조금이라도 건들면 자리를 피하는 시노 😝

→ 둘 사이의 미묘한 거리감 😐

↘ 끝까지 포기하지 않고 거리감을 좁히는 데 성공한 쿠우! 😚

어떻게든 시노와 친해지고 싶은 쿠우는 엎드려 편히 쉬고 있는 시노에게 살며시 다가가 앞발을 뻗어 애정의 터치를 시도했다. 그러나 자신의 몸에 뭔가 조금이라도 닿을라치면 얼른 몸을 일으켜 떨어지는, 무정한 시노였다. 쿠우는 자신이 길게 뻗은 앞발이 얼마나 민망했을까. 나는 둘 사이의 이런 상황이 우습기도 하고 안타깝기도 했다. 개를 사랑하는 고양이라니… 쿠우는 쉽게 물러서지 않았다. 용기 있는 자가 미인을 얻는다는 말처럼 쿠우는 늘 용기가 충만했다. 쿠우는 시노에 대한 터치 시도를 여러 차례 반복했다. 그때마다 시노는 냉정했다. 좀처럼 둘의 거리가 좁혀지지 않았다.

그러던 중 나는 결혼을 하게 되었다. 결혼을 계기로 집에서 키우던 시노와 고양이들을 모두 데리고 이사를 했다. 새로 이사한 집에서는 시노도 실내에서 함께 생활했다. 시노와 헤어지지 않고 늘 함께 생활할 수 있다니! 쿠우 입장에서는 사랑을 쟁취할 수 있는 절호의 기회가 온 것과 같았다. 둘 사이의 관계가 어떻게 진전이 될지 내심 궁금했다.

짝사랑의 대상 시노와 함께 생활하게 되어 기쁘기 짝이 없던 쿠우는 매일 열렬히 시노를 공략했다. 틈만 나면 사랑의 터치를 시도했고, 당연한 듯 시노 옆에 찰싹 달라붙어 잠이 들곤 했다. 물론 시노가 가는 곳마다 쿠우가 따라다니는 일은 기본이었다. 결국 늘 자기만 졸졸 쫓는 쿠우에게 시노도 두손 두발 모두 들고 말았다. 그리고 시간이 좀 더 지나자 시노는 쿠우가 무엇을 하더라도 모두 받아주게 되었다. 아무리 싫다고 표현해도 포기하지 않고 계속 공략한 끝에, 겨우 시노의 마음을 얻는 데 성공한 쿠우! 그는 사랑을 쟁취할 자격이 있었다. 끊임없는 관심과 구애의 끝은 해피엔딩의 결과를 만들어냈다. 이제 눈치 안 보고 마음껏 시노에게 기댈 수 있고, 마음껏 쓰담쓰담할 수 있는 둘의 행복한 날들이 찾아왔다.

↖ 살며시 다가가 조금씩, 조금씩 😌

↗ 거들떠보지도 않는 시노, 잠시 쉬었다가 다시 도전할 테다 😳

↙ 살짝 건드리거나 터치도 해보고 😊

↘ 결국 쿠우의 끈기를 인정해 준 시노. 내가 졌다! 😄

쿠우와 시노 둘 사이에 평화가 찾아
왔다. 끈질긴 쿠우의 구애 작전이 시
노의 마음을 녹이고 말았다.

1. 고타쓰(탁자 안에 난방장치가 마련된 일본의 난방기구─역자주) 안에 꼭꼭 숨은 녀석들
2. '들켰다' 하는 표정의 시노와 불만이 가득한 표정의 쿠우
3. 유난히 숨바꼭질이 놀이를 즐기는 시노

↑ 늘 먼저 다가갔던 쿠우 말고, 시노가 말을 거는 모습도 볼 수 있으면 좋으련만…😔

↓ 완전히 단짝이 된 쿠우와 시노 😊

치매가 심해져 몸을 못 가누는 시노의 곁
에는 언제나 쿠우가 붙어 있다.

시노에게 치매 증상이 나타나다

쿠우와 시노는 새로운 환경에 조금씩 익숙해져 가며 평온한 나날을
보내고 있었다. 둘은 모두 건강했고, 평안했으며, 행복했다. 시노는 창
가에 앉아 따뜻하게 내리 쬐는 햇볕을 만끽하곤 했다. 그리고 단짝이
된 쿠우와 고타쓰에 숨는 놀이를 즐겼다. 나는 시노와 아침저녁마다
산책을 나가곤 했는데, 인기견(犬)인 '시바' 군과 만나면 시노가 유독
흥분하면서 즐거운 시간을 보내기도 했다. 그러나…

그러나 안타깝게도 시노의 행복은 오래 가지 못했다.

결혼 후 친정에서 이사를 나와 반 년 정도 지났을 때였다. 그 무렵
부터 시노는 좁은 공간이나 가구의 틈 사이에 낀 것 같은 자세를 취하

며 뒷걸음질을 칠 수 없는 모습을 보여주기 시작했다. 때때로 벽에 머리를 대고서는 꼼짝도 못한 채 그 자리에 서 있기도 했다. 그 전에는 아무렇지도 않게 오르내리던 계단조차 시노는 쉽게 올라설 수 없었다. 나이가 많이 들어 시노의 몸에 이상이 온 것이었다. 쿠우는 예전과 다른 낯선 모습의 시노를 걱정스럽게 바라보았다.

시간이 지날수록 상황이 점점 더 악화되었다. 시노에게는 걷는 것도 쉽지 않은 일이었다. 자신은 똑바로 걷는다고 생각하며 걷는 것일 테지만, 시노의 걸음은 제자리에서 빙빙 원형만을 그리며 돌 뿐이었다. 시노는 그토록 좋아하던 산책도 더 이상 할 수 없는 지경에 놓이고 말았다. 뿐만 아니라 과거에는 전혀 문제가 되지 않았던 자동차 타는 일도 시노에겐 큰일이 되고 말았다. 시노를 차에 태우는 순간부터 녀석은 패닉에 빠져, 심하게 짖고 난리를 치는 바람에 통원 치료조차 제대로 받을 수 없는 상황이 되었다.

그리고 어느 때부터인가 시노는 머리를 아래로 숙여 먹이를 먹는 일도 어려워했다. 나는 밥그릇 위치를 높은 곳에 설치해 줌으로써 시노의 식사를 돕고자 했다. 그러나 그 일도 오래 가지 못했다. 자신의 밥그릇 위치가 어디인지조차 모르는 시노였다. 결국 내가 숟가락을 이

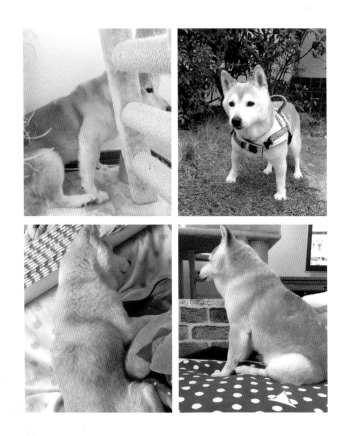

↖ 캣 타워(고양이 사다리)에 막혀 오도 가도 못하는 시노 😔

↗ 넘어지는 몸을 지지하는 데 도움이 되는 특수 가슴줄을 착용했다 😌

↙ 작은 턱조차 넘지 못해서 우두커니 멈추어 선 시노 😳

↘ 앉아 있는 자세도 왠지 어색하게 변하고 말았다 😣

용해 직접 시노에게 먹이를 떠먹여주어야 했다. 심지어 물 마시는 일도 쉽지 않았다. 시노의 입까지 물그릇을 가까이 대주어야 겨우 할짝할짝 몇 모금 마실 수 있었다. 그러나 얼마 후엔 그 일도 불가능했다. 그 대신 내가 숟가락으로 물을 떠먹여야 하는 안타까운 상황이 우리를 기다리고 있었다.

뿐만 아니라 시노는 점차 식욕도 잃어갔다. 나는 먹이를 안 먹으려는 시노를 위해 녀석의 입맛에 맞추어 여러 가지 먹이를 사다가 먹여보았다. 오랜 시간 시행착오를 겪어야 했다. 처음에는 여느 때와 마찬가지로 건조한 사료를 먹이다가, 부수어 물에 불려 먹이는 것으로, 그리고 부드러운 습식 사료로 먹이가 점차 바뀌어갔다. 그런 와중에 눈치 없는 쿠우는 시노의 사료를 가로채어 먹곤 하는, 귀여운 밥 도둑질이 시작되었다.

모든 상황이 안 좋았지만 그래도 한 가지 위안이 된 일도 있기는 하다. 시노의 귀가 점점 멀어 천둥소리가 들리지 않게 된 일이다. 과거에는 하늘에서 조금이라도 천둥소리가 나면 시노가 극심한 불안감에 빠졌었다. 그래서 밤새 녀석을 진정시키는 것이 큰일이었으나, 귀가 먼 이후로는 '우르릉 쾅쾅!' 천둥이 울리더라도 새근새근 잠을 잘 잘 수 있게 된 일이 그나마 위안이라면 위안이었다. 희망도 없이 깊은 나락으로 빠져가듯 하루하루 기력이 다해가는 시노였다. 아픈 시노를 돌보면서 손이 많이 갔지만, 그만큼 사랑의 깊이도 더해져 감을 느낄 수 있었다.

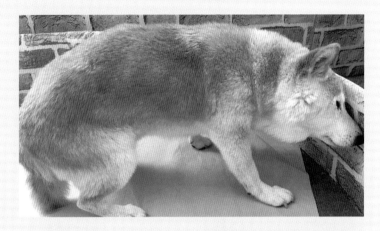

↑ 가구나 벽에 부딪혀도 뒷걸음질을 하지 못한다 😣
↙ 장애물이 나타나면 피하는 대신 밟고 지나간다 😔
↘ 서 있을 때 점점 오른쪽으로 기울어지는 시노 😵

하루 6-12회 정도 밖에서 용변을
보도록 지도했다. '화장실은 밖에
서!'가 시노의 긍지, 자존심이랄까.

시노의

야외 화장실

(봄, 여름, 가을, 겨울)

꽃만큼이나 표정이 밝은, 봄.

비는 철저히 막을 수 있지만, 발이 축축한 건 어쩔 수 없다.

발 밑이 폭신폭신, 여름.

바람을 느끼며 빙글빙글, 가을.

눈 내리는 겨울에도 야외 화장실 이용은 철저히!

1. 기회를 엿보며 최적의 타이
   밍을 노린다.

2. 아⋯ 실패!

3. 실수는 철저히 숨긴다.

4. 혼이 나도 밥을 포기할 수
   는 없다.

5. 다시 기회를 엿보며...

6. 앗싸~ 밥 가로채기 작
   전 성공!

하루가 다르게 쇠약해지는 시노가 쾌적하게 지낼 수 있도
록 고안한 아이디어들이다.
참고로 시노의 식사와 운동, 수면시간, 용변 등을 꼼꼼하게
기록한 일기가 컨디션 관리에 많은 도움이 되었다.

시노가 털썩 눕는 것을 싫어할
때에는, 초승달 모양의 쿠션을
등받이로 사용했다.

물건을 싸게 파는 숍(다이소 같은
곳)에서 넥워머를 구매하여, 겨울
철 시노의 복대로 사용했다.

여름에는 보냉제를 구매해 시
노의 목에 둘러주었다. 털이
많은 시노에겐 핫 아이템!

시노가 잠을 잘 못 이룰 때, 이마에 수건을 대주었는데 곧잘 잠들곤 했다.

발톱 깎을 때에는 손톱 정리기를, 발바닥 털 제거에는 코털 족집게를 사용했다.

코의 건조와 갈라짐에는 유스킨(일본에서 가장 대표적인 보디크림)이 유용했다.

고양이가 개를 간호하는 기적이 시작 되는 데···

쿠우, 간호를 시작하다

시노에게 치매 증상이 나타나기 시작했을 무렵, 처음에는 걱정스럽게 지켜보고만 있던 쿠우였다. 그러던 어느 날 밤이었다. 쿠우가 소리 내어 울며 2층에서 자고 있던 나를 찾아왔다. 혼자서 해결할 수 없는 어려움에 빠졌음을 알리는 울음이었다. 내가 눈을 뜨자 쿠우는 서둘러 1층으로 내려갔고, 나는 그 뒤를 따랐다. 쿠우를 따라 아래로 내려갔더니 세상에나! 시노가 1층 복도에서 오도 가도 못한 채 우두커니서 있는 게 아닌가! 고양이 쿠우는 '시노에게 달려가 빨리 도와줘!'라고 울음으로 호소한 것이었다. 그날 밤 이후 쿠우는 위기에 빠진 시노를 돕기 위해 종종 나를 부르러 오곤 했다.

시노가 처음 간질 발작으로 쓰러진 날이었다. 방에서 시노를 걷게

늘 시노의 곁을 지키며 위기 상황을 알려주는 쿠우
우리의 작은 영웅 ☺

해보았더니 중심을 못 잡고 제자리만 빙글빙글 돌고 또 돌기만 했다. 바로 그때였다. 쿠우가 시노에게 다가가 옆에서 지지하며 함께 걷기 시작했다. 친구 옆에 딱 붙어 휘청거리며 부딪히기도 하는 시노를 온몸으로 지탱하면서 넘어지지 않도록 몸을 받쳐주는 것이었다. 시노와 함께 쉬지 않고 빙글빙글 걸은 지 30분 정도 지났을 때, '후! 지쳤다' 하는 듯 싶더니 갑자기 쾅 쓰러진 쿠우. 나는 잠시 뻗어 있는 쿠우가 대견했다. 그에게 다가가 위로의 말을 해주고 싶었다. 그러자 '내가 할 수 있는 일은 여기까지!'라는 표정을 짓고서는 방에서 나가버렸다.

그때부터였다. 그때부터 쿠우는 시노의 곁을 떠나지 않고 나보다 더 시노를 챙겨주기 시작했다. 제대로 된 100점짜리 간호 고양이였다. 처음에 쿠우는 시노와 함께 빙글빙글 걷는 게 전부였지만, 그 일이 차차 익숙해지자 요령을 터득하는 동시에 진정한 간호의 장인으로 진화해 갔다.

↑ 잠을 잘 때에도 떨어지지 않는 쿠우와 시노 ☺

↓ 물론 시노는 '먹보'이기도 하다 😋

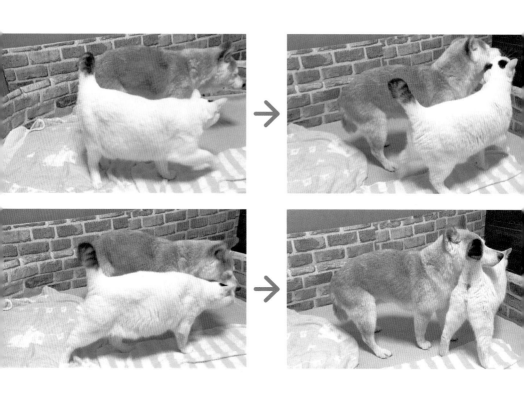

시노의 보행을 돕고
지지해주는 쿠우

↑ 시노가 일어나 걷기 시작하면 재빨리 그 곁으로 가는 쿠우 😮 → 제자리를 빙빙 도는 시노 옆
  에 딱 달라붙는다 😔

↓ 휘청거리는 시노의 몸을 지탱하는 쿠우 😔 → 30분간 쉼 없이 시노를 지지하는 쿠우 🙂

드디어 배터리 방전! 쾅, 하고 쓰러진다. 쿠우야 고생했다! ☺

시간이 지날수록 쿠우는 간호 노하우가 쌓여갔다.

간호의 달인 쿠우

시노의 치매 발병과 거의 동시에 쿠우의 간호가 시작되었다.

처음에는 시노의 페이스에 맞추어 걷거나 멈추거나, 자신의 등과 허리, 그리고 목에 시노의 턱을 올려놓게 하는 행동이었다. 그런데 시노의 치매와 노화가 진행됨에 따라 쿠우의 간호 기술도 점점 발전해 갔다. 기대어 오는 시노를 온몸으로 지탱하며 걷거나, 멈추어 서서 움직일 수 없게 된 시노를 꼬리와 머리를 이용해 진행 방향을 유도하거나, 시노 혼자 걸을 수 있을 것 같은 때에는 조금 떨어져 부드럽게 지켜보곤 했다.

마치 사람을 방불케 하는 극진한 간호로 시노를 돕는 대견한 쿠우였다. 가끔씩 애정 표현이 너무 격렬해 시노를 곤란하게 만들기도 했지만, 자신의 몸을 이용해 아픈 시노를 응원해 주는 쿠우였다.

↖ 처음에는 단순히 시노를 따라다니며 걸었던 쿠우 😌

↙ 시노가 우뚝 멈추면 쿠우도 함께 멈추고 😮

↗ 자신의 등허리에서 시노를 쉬게 하는 기술 😊

↘ 틈만 나면 스킨십을 시도하는 쿠우 😣

어떠냐!

↑간호가 뭐 별거냐! 😄
↓간호도 좋지만 가끔은 쉬는 것도 요령 😎

↖ 시노의 휴식 시간은 쿠우의 부비부비 타임 😄

↗ 후훗! 나는 이 시간만을 기다렸단다 😊

↓ 마음껏 뽀뽀해야지! 😄

↖ 집안에서의 기분 전환은 산보가 최고 😄

↗ 시노가 가는 곳엔 쿠우도 따라간다 ☺

↙ 시노가 원형 울타리에서 나온 것이 기쁜 쿠우 😃

↘ 환한 표정의 시노, 쿠우의 간호가 마음에 드는 모양이다 😄

꼬리에 대물이?!

1. 벽에 기댄 채 세상 모르고 잠이 든 시노인데요

2. 꼬리에 대물이 낚이고 있습니다

↑ 휴식 시간엔 낮잠이 보약 😌

↓ 이해심과 포용력이 많은 쿠우는 때때로 시노를 안아준다 😊

쿠우의 특기

1. 왜? 일어나고 싶어?
2. 어라? 저러다 쓰러지겠다!

3. 재빠르게 몸을 이동하는 쿠우.
4. 쓰러질 듯한 시노를 지탱하는 쿠우의 엉덩이 간호술.

70

때로는 아무것도 하지 않고 서로가
서로의 곁에 머물러 있는 일. 누군가
옆에 있다는 것이 새삼 큰 위로가 되
기도 한다 ☺

↑ 둘은 서로의 언어를 알아듣는 것일까? 😌
↓ 어쩌면 서로의 무용담을 자랑하는지도 모를 일 😊

ㅋㅋ 비밀이닷!

↑ 속내를 털어놓고 비밀 이야기를 나누거나 추억 한 자락을 끄집어내어 이야기꽃을 피웠을지
도 모른다 😌

↓ 우리가 무슨 대화를 했을까? 알고 싶으냐? 😊

쿠우의 방향 유도 기술

1. 시노를 엉덩이로 받치며 쉬게 해주다가
2. 진행 방향으로 몸을 돌려 시노를 유도

3. 방향이 완전히 바뀔 때까지 꼬리로 유도
4. 쿠우의 의도대로 방향전환 끝!

1. 마냥 즐거워 보이는 둘.

2. 시노도 자유자재 누워 장난칠 수 있다
   면 좋으련만.

3. 시노! 나의 앞발 맛이 어떠냐?

4. 꼬옥 안아줄게!♡

↖ 시노를 재우는 것도 쿠우의 간호 중 하나 😔

↗ 간호하느라 오늘 고양이 세수를 잊었다 부끄럽다 👀

↓ 내가 먼저 잠들더라도 이해해라. 오늘 하루도 힘들었거든 ☺️

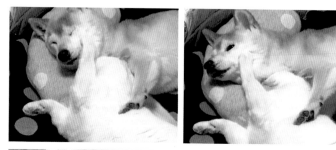

↖ 쿠우의 잠버릇이 험해서 잠에서 깬 시노 ☹

↗ 그래도 화내지 않는 착한 성품의 시노 ☺

↘ 쿠우는 잠꼬대 중 '시노야, 사랑해! ♡' 😴

완벽하게 한몸이 된 쿠우와 시노 ☺

쿠우와 시노 사진 콜렉션

PHOTO
COLLECTION

Hi!

1, 2개월 간격으로 일어난 간질 발작, 이후부터 조금씩 진행된 시노의 치매

원형 울타리를 만든 이유

2014년 가을 어느 날 아침, 시노가 갑자기 경련을 일으키고 쓰러졌다. 몸이 부들부들 심하게 떨렸고 눈은 금세 튀어나올 만큼 부릅뜬 상태였다. 혀는 파래져서 거품을 물고 있었다. 나는 시노에게 끊임없이 말을 거는 일 말고는 아무것도 할 수 없었다. 그리고 얼마 동안은 '혹시 시노가 이대로 죽는 건 아닐까?'라는 불안한 생각이 들면서 공포의 시간을 보내야 했다. 그러다 시노는 겨우 경련이 멈추었고, 이번에는 '멍멍!' 하고 격렬하게 짖기 시작했다. 시노는 혼자 힘으로 몸을 일으켜 세워 걸으려고 네 발을 움직였지만 힘이 들어가지 않아 스스로 설 수조차 없었다. 나는 쉼 없이 짖어대는 시노의 몸을 끌어안고, 걷는 감각이 돌아오도록 앞발과 뒷발을 번갈아가면서 주무르며 움직여보기를 수십 분. 드디어 시노는 자력으로 조금 걸을 수 있게 되었다. 나는

↖처음 간질 발작이 일으킨 시노를 보고 당황한 나는 급히 사각형의 골판지 상자를 만들어 그 안에 시노를 놓아주었다 😳

↗그러나 모서리 부분에서는 꼼짝을 못했기 때문에, 울타리를 넓혀 상황을 지켜보았다 😶

↙발작이 멈추고 나면 심하게 빙빙 도는 일이 거짓말처럼 사라지곤 했다(골판지 울타리 안에서 평온히 지내는 시노) 😌

↘따라쟁이 쿠우는 시노와 함께 울타리 안에 있었다 😊

모서리 부분에서는 방향을 쉽게 못 바꾸고 부딪혔기 때문에 울타리를 타원형으로 개량했다.
그러나 골판지 상자의 느낌이 별로여서 좀 더 예쁘게 만들어주고 싶었다 ⊙

수건을 하나 가져다가 시노의 아랫배 아래를 통과시켜 양쪽 위로 끌어다 올려 위로 지탱하면서 녀석이 잘 걷도록 도와주었다. 그런데 내가 보조를 멈추면 또다시 큰 소리로 '멍멍!' 짖어대는 시노였다. 따라서 짖지 않도록 보조를 멈추지 않으면서 걸음을 도왔다. 그 상태를 유지하며 기저귀를 갈거나 물을 떠먹여주기도 했다. 발작 후 4시간 정도 지나자 시노는 안정을 되찾고 편한 잠에 빠져들었다.

발작 이후부터 시노는 걸음만 걸으면 오른쪽으로 빙빙 돌기 시작했다. 잠시라도 시노에게서 눈을 떼면 가구나 벽에 부딪히게 마련이었다. 자꾸 머리를 부딪치는 건 매우 위험했기 때문에 나는 급한 대로 집에 있는 골판지 상자를 이용하여 울타리를 만들고 시노를 그 안에 들여놓았다. 처음에는 아무 생각 없이 사각형으로 만든 울타리였는데, 시노는 모서리 부분에만 가면 마음대로 방향을 바꿀 수 없었기에 옴짝달싹 할 수 없는 상태에 놓이곤 했다. 문제를 파악한 나는 사각형 울타리 대신 타원형의 울타리를 새로 만들기 시작했다. 타원형 울타리는 사각형 울타리보다 좀 낫긴 했지만 양끝 부분에 생긴 좁은 각도가 또다시 시노를 긴장시켰다. 그 부분에서는 시노가 꼼짝없이 막히곤 했다. 두 번의 시행착오를 겪은 후에야 결국 동그란 울타리를 만들어 시노를 놓아주었고, 녀석은 그제야 간신히 부드럽게 빙빙 돌며 방향을 잃더라도 움직일 수 있게 되었다. 그러나 새로운 문제가 발생했다. 울타리가 너무 높으면 주위가 보이지 않아 시노가 불안해하고, 너무 낮으면 울타리에서 뛰쳐나왔기 때문에, 최적의 높이를 찾고자 시행착오를 거듭해야 했다. 원형 울타리를 새로 장만하려고 인터넷에서 여러 가지 재질을 알아보기도 했는데, 시노의 상태에 맞춰 크기와 높이, 그리고 두께를 자유자재로 바꿀 수 있는 재질은 골판지만한 게 없었다.

가끔씩 이음새 부분이
무너질 수 있음 주의!

↑ 시트지 원형 울타리 DIY 🙂
↓ 완벽하진 않더라도 시노에게는 사랑의 보금자리 🙂

↑ 첫 발작이 일어난 지 반 년 후, 드디어 원형 울타리 완성 😀

↙ 다 좋은데 높이가 다소 낮았던 원형 울타리 😔

↘ 엉덩이를 뒤로 뺀 채 벽에 코를 비비는 시노 😣

고심 끝에, 벽 부분 위쪽까지 골판지를 세워서 시노의 콧물을 방어 😷

골판지 느낌으로만 가득 찬 울타리를 더 근사하게 만들고 싶었다. 그래서 미흡하거나 문제가 생길 때마다 직접 고치고 보완했다. 안락한 사용감을 제공하기 위해 시트지 안쪽에 완충재를 넣기도 했다. 날로 행동반경이 좁아져가는 시노가 조금이라도 쾌적한 하루를 보내기를 바랐다. 그런 마음으로 노력했다 ☺

1. 사진을 찍는 나에게는 냉정한 시선.
2. 자기랑 함께 눕자고 치근대는 쿠우.
3. 걷고 싶은 시노에게 짓밟힌 쿠우.

4. 그러나 날렵한 몸으로 잘도 피한다!

5. 어떠냐!

6. 함께 생활하기 참 힘들다.

나란히 앉아 같은 곳을 바라보는 것이 우정이다.

쿠우와 시노의 우정

2017년 여름이 되자 시노는 혼자 일어설 수도, 누울 수도 없는 지경에 이르렀다. 사소한 일까지 하나하나 챙겨주어야 하는 간호가 필요했다. 그렇게 치매가 진행될수록 시노의 표정도 없어지는 듯했다. 어떤 일이든 간에 반응이 점점 사라져 가는 시노. 그러거나 말거나 그의 곁에는 늘 쿠우가 있었다.

둘은 변함없이 하루하루를 충실히 보냈다. 두 녀석을 유심히 지켜본 바로는, 쿠우는 정말로 간호의 장인이라 할 만했다. 쿠우는 시노의 곁에 항상 붙어다녔고, 시노의 모습을 사진으로 찍는 나에게는 마치 자기가 수호 기사라도 된 것처럼 찌푸린 눈으로 레이저를 쏘기도 했다. 물론 쿠우는 식사 때마다 시노의 밥을 훔쳐 먹는, 변함없이 귀여운

↖ 점점 표정이 사라지는 시노 ☺

↗ 심지어 쿠우에게도 무반응일 때가 늘었다 ☺

↙ 간질 발작 후 걱정스럽다는 듯 시중을 드는 쿠우 ☺

↘ 자기보다 덩치가 큰 시노를 지탱하는 일이 쿠우의 일상이었다 ☺

밥도둑이었다.

　시노가 잠에 들자 쿠우는 정성껏 털을 어루만졌고, 잘 자라는 뽀뽀를 잊지 않았다. 부풀리고 과장해서 말하는 것이 아니라, 쿠우는 자신이 시노를 지켜야 한다고 생각하는 것처럼 보였다. 자기가 시노를 돕지 않으면 안 된다고 생각하는 듯 비쳐졌다. 그와 같은 쿠우의 마음이 시노에게 전달되어 닿았던 걸까. 쿠우의 관심, 사랑, 배려를 시노 역시 잘 느끼는 것 같았다. 쿠우가 곁에 있으면 안심한 표정을 지었고, 쿠우와 함께 잘 때면 혼자 잠들 때보다 오래도록 편안한 잠을 푹 잘 수 있었다. 종이 다르고 대화도 안 되겠지만, 두 친구의 사이에 평온하고 행복한 시간이 휘감아 돌고 있었다. 적어도 나는 그렇게 둘을 평가하고 싶다.

항상 시노의 곁을
지켜주는 쿠우

자신에게 반응이 없더라도 한결같이 시노 곁을 지켜주는 쿠우 ☺

시노를 간호하는 일만큼은 장난기 없이 진지하다 ☺

↖ 쓰러질 것 같은 시노 옆에 바싹 붙어서 😶

↗ 시노의 턱밑에 자신의 머리를 넣고 😔

↙ 아래로 수그러드는 머리를 지탱해 준다 🫠

↘ 쿠우는 스스로 터득한 간호의 기술로 시노의 보행을 돕는다 🙂

아픈 시노를 위해서라면 언제나 어디서나 완벽한 경계를 서야 하지. 접근금지! 👽

때때로 사진 촬영에 심기가 불편해지면 쿠우는 완벽한 보디가드 역할을 수행한다. 음… 쿠우의 지나친 인상 쓰기, 무섭다! 😎

↑ 평소와 마찬가지로 시노를 핥아주면서 폭신폭신한 뺨을 어루만진다 ☺

↓ 오랜 만에, 나도 좀 핥아보자. 꼼꼼하게! ☺

어느새 서로의 온기가 익숙해진 두 친구. 익숙한 체온보다 더 좋은 수면제는 없을 것이다 😌

녀석들은 사람들이 보여줄 수 있는 것 이상
의 사랑을 보여줬다.

시노, 무지개 다리를 건너다

평소처럼 먹이를 먹고 조금 걸은 후 자리에 누운 시노. 하지만 그날
밤은 시노가 여느 날들과는 달리 심하게 짖기 시작했다. 시노의 짖음
이 심상치 않았다. 녀석은 몸을 조금도 일으킬 수 없었고, 온몸에서 열
이 펄펄 끓었다. 상태를 호전시켜줄 안정제도 무용지물이었다. 한 차
례 크게 짖은 후에는 꾸벅꾸벅 목을 가누지 못하다가, 눈을 뜨면 또 짖
기를 반복하는 시노를 밤새 품에 안고 달랬다. 아무래도 병원으로 가
야겠다고 생각했지만 아침이 되려면 아직 멀었다.

자동차로 1시간 반 정도 이동하면 되는 단골 병원과 응급 병원이
떠올랐다. 반면에 자동차로 2분 거리에 있는 병원도 고민했다. 둘 중
어디가 좋을지… 위급한 상황이었기에 거리가 좀 있더라도 응급 병원

↑ 혼자 힘으로 아무것도 할 수 없게 된 시노 😔

↓ 아픈 시노를 눈치 챈 쿠우는 자기가 아플 때에도 시노의 간호를 멈추지 않았다 😺

↖ 쿠우의 주요 간호 중 하나는 자기 등허리에 시노를 기대도록 하여 쉬게 하는 것 😌
↗ 시노를 쓰다듬으며 '사랑해'라고 말하는 것 😌
↘ 마지막 무렵, 시노는 반응이 없었지만 마음만큼은 꼭 전해졌을 것이다 😌

으로 가야 할 것 같았다. 그러나 당시 시노의 상태로는 꽤 오랜 시간 차를 태운다는 일이 불가능할 것 같았다. 멀리 떨어진 두 병원까지 이동하는 시간을 고려하면, 집에서 가까운 병원이 문을 열 때까지 집에서 기다렸다가 그리로 가는 것이 괜찮을 거라고 판단했다. 시간적으로 큰 차이가 없을 것 같았다. 결국 집 근처의 병원이 문을 열 때까지 밤새 기다렸다가 개원 시간에 맞추어 시노를 안고 병원 안으로 뛰어들어갔다.

병원에서 시노의 심전도와 초음파 검사가 진행되었고, 수의사 선생님은 치료를 위하여 저녁까지 임시로 입원해야 한다고 말했다. 불안한 마음을 털어내지 못한 채 시노를 병원에 두고 일단 집으로 돌아왔다. 밤새 잠을 설쳤기 때문에 눈을 조금 붙이고자 침대에 누웠다. 그러자 쿠우가 나의 이불 속으로 들어와서는 내 몸에 자신의 몸을 바짝 기대어왔다. 2~3개월 전부터 계속 무엇인가를 두려워하던 쿠우였다. 사실 이 녀석도 컨디션이 좋은 상황이 아니었다. 쿠우는 변비와 구내염을 앓으면서도 시노 곁에서 떨어지지 않으려 했다. 쿠우는 자신의 몸이 불편한 상황에서도 시노 몸이 이상하다는 것을 느꼈던 것 같다. 그래서 불안과 스트레스가 커져 있었던 건 아니었을까 싶다.

오후 2시 30분 무렵, 시노를 맡기고 온 병원에서 전화가 걸려와 잠에서 깼다.

"시노의 심장이 멈추었습니다. 지금 인공호흡과 심장 마사지를 하고 있어요. 응급 상황입니다. 지금 바로 오실 수 있나요?"

나는 전화기를 내려놓자마자 황급히 집을 뛰쳐나왔다. 간호사의 안내에 따라 치료실 안으로 들어갈 수 있었다. 수의사 선생님은 시노에게 열심히 심장 마사지를 하며 안타까운 듯 입을 열었다.

"마사지를 그만두면 심장이 멈춥니다."

선생님의 말은 거짓말처럼 들렸다. 믿을 수 없는 일이 눈앞에서 벌어지고 있었다. 그러나 마음 한쪽에서는 현실을 직시하는 냉정함이 솟아나고 있다.

'시노! 이렇게 우리를 떠나려는 거니…'

눈물이 왈칵, 쏟아졌다. 멈추려 해도 내 의지로는 도저히 멈출 수 없는 눈물이었다.

"사랑하는 시노, 착한 아가야. 엄마 여기 있어!"

나는 괴로운 듯 숨을 내쉬는 시노를 어루만지며 몇 번이나 같은 말
만 되풀이했다. 혹시라도 나의 목소리를 듣고 의식을 되찾지 않을까
싶어서였다.

"시노야! 이렇게 가면 쿠우는 어쩌니, 눈을 떠보렴, 쿠우에게 고맙
다는 인사 한마디는 해야 하지 않겠니!"

길면서도 짧은 10분의 시간이었다. 나는 그렇게 혼잣말을 하며 눈
물을 흘렸다. 그 자리에 있던 사람들 모두 더 이상 시노에게 가망이 없
음을 깨닫고 있었다.
나는 용기를 내어 마지막이 될 말을 수의사 선생님에게 전했다.

"선생님, 이제 되었습니다. 감사합니다."

선생님이 마사지를 멈추자 천천히 조용하게, 시노의 심장도 멈추고

말았다.

　그 후에 들은 설명에 따르면, 많은 하혈이 있었고 엑스레이 상으로는 위(胃) 확장이 보였다고 한다. 이는 필시, 위에 있던 암 세포 같은 것이 조금씩 커졌을 거라는 의미였고 몸 안에 고여 있던 혈관들이 결국 파열했을 거라는 소견이었다. 견딜 수 없을 만큼 아팠을 테지만 숨이 멈춘 시노의 얼굴은 편안한 듯 보였다. 옅게 미소 짓고 있는 것 같았다.

　시노를 데리고 집으로 돌아와 녀석이 늘 사용하던 침대에 눕혔다. 그러자 고양이들이 번갈아 시노 곁으로 다가왔다. 아마 작별 인사를 하려는 것 같았다. 그런데 쿠우는 겁에 질린 듯 멀찌감치 물러나며 시노를 바라보기만 할 뿐 아무래도 가까이 오지 않았다. 그렇지만 다음 날 아침이 되자 쿠우는 살며시 시노에게 다가가 가만히 얼굴을 바라본 후 잠시 그 곁에 바싹 붙어 있었다. 그것이 쿠우가 시노에게 건넨 마지막 작별 인사였다.

　화장을 한 시노의 유골은, 친정집 마당 시노가 뛰어놀던 뒤편의 벚나무 묘목을 심은 화분 속에 묻었다.

↑ 시노가 잠들기 전, 늘 얼굴을 핥아주는 쿠우. 정성껏 얼굴을 쓰다듬는다 😊

↓ 왠지 편해 보이는 시노 😌

그러다가 함께 깊은 잠에 빠져들곤 했다 ☺

쿠우가 곁에서 지켜주면 시노는 숙면을 취할 수 있었다 ☺

좀처럼 잠들지 못하더라도 쿠우의 온기가 느껴지면 ☺

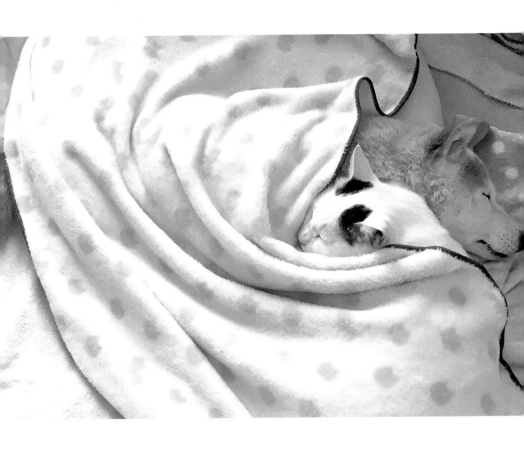

안심하고 잠에 들던 시노, 그리고 쿠우 ☺

↑ 날이 갈수록 상태가 점점 나빠지는 시노 😶

↙ "시노 괜찮겠죠?"라고 묻듯 걱정이 가득한 쿠우의 눈빛 🥺

↘ 불안한 듯 몇 번이고 시노에게 다가가 핥아준다 🥺

힘겨워하는 시노, 불안
하고 안타까워하는 쿠우

↑ 왠지 겁이 나면서도 😳

↙ 시노를 지켜주듯 곁에 붙어 있는 쿠우 😳

↘ 이 팔베개가, 마지막으로 쿠우가 해줄 수 있는 간호였다 😔

2018년 3월 7일

오후 2시 43분경

시노 영면(永眠)하다.

시노가 떠난 후, 시노의 온기를 느끼며
쓸쓸함과 슬픔을 온몸으로 견디어가며
시노가 있던 곳을 서성이는 쿠우 😭

꽃이 되어 쿠에게로 간 시노

벚나무 묘목에서 얼굴을 내민 한 송이 벚꽃. 신기하게도 쿠우 머리 위로 떨어진 벚꽃은 오랫동안 떨어지지 않았다. 시노는 자신을 지켜준 쿠우에게 꽃이 되어 보답이라도 하듯 기운이 없어 보이는 쿠우에게 위로의 말을 건네었다.

"절친 시노가 예쁜 꽃이 되어 쿠우 머리 위에 피었구나!"

이제부터는 시노가 너를 지켜보고 있을 거란다.

훌쩍 자라 예쁘게 핀 시노의 꽃, 쿠우와 함께 한 벚꽃 구경은 그 해 잊지 못한 봄날이 되었다 ☺

에필로그

시노를 떠나보낸 후

시노가 떠난 이후, 쿠우는 큰 슬픔을 견디려는 듯 혼자 지내는 시간이 많았습니다. 입양 초기에는 친구 고양이들과 잘 어울리지 못하고 몸도 약한 천덕꾸러기였지만, 언제부터인지 쿠우는 우리 가족 모두를 사랑하는 친절한 고양이로 거듭났습니다. 또한 사람들도 실천하기 성가시고 귀찮은 시노의 간호를 훌륭하게 해냈습니다. 시노가 우리 곁을 떠난 이후 한동안 쿠우는 정신이 딴 곳에 가 있는 듯 보였습니다. 아무리 안아주고 쓰다듬어도, 어떤 말을 건네더라도 쿠우는 어둡고 슬픈 눈만을 보여줄 뿐이었습니다. 위로의 말이나 스킨십도 쿠우에게는 위로가 될 수 없었던 것 같습니다. 어찌해야 좋을지 모를 날들이 한동안 이어졌습니다.

그러나 조금씩 시간이 지나면서 쿠우는 다시금 예전 모습으로 돌아오기 시작했습니다. 다른 고양이들과도 잘 어울리고, 나에게 다가와 응석을 부리기도 합니다. 자신의 그토록 아끼던 장난감 쥐를 갖고 놀기도 합니다. 그런 쿠우를 보면 어느 정도 상처가 아문 듯해 안심이 됩니다.

시노와 함께 지내던 시절의 쿠우는 씩씩하고 밝은, 그리고 의젓한 모습의 고양이였습니다만, 지금은 조용하고 온화한 아이로 바뀌었습니다. 먼저 떠난 시노를 그리워하겠지요. 마음속 쓸쓸함이 모두 사라지지 않았을 겁니다. 그러나 쿠우는 누군가에게 응석을 부리고 시노가 아닌 친구 고양이 6마리와 부대끼며 잠이 들곤 합니다. 때로는 평온하고 때로는 소란스러운 일상을 보내고 있습니다. 아마도 시노는 그런 쿠우를 저 멀리서 다정한 눈으로 지켜보고 있을 겁니다.

생의 마지막 순간까지 서로에게 전부였던 두 친구. 지금은 함께 하지 못하는 쿠우와 시노. 그러나 언젠가는 둘이 만나 예전처럼 행복한 시절을 보낼 거라고 믿습니다. 어떤 인연이 될지는 모르겠지만, 다음 세상에서 둘이 다시 만나기를 진심으로 바랍니다.

책이 나오기까지 많은 분들의 도움이 있었습니다. 출판사 관계자 여러분과 디자이너 선생님, 그리고 저의 SNS 계정을 통해 변함없이 쿠우와 시노를 응원해 주신 많은 분들에게 감사의 말씀을 전합니다.

하루

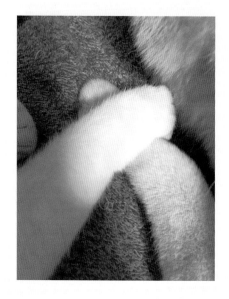

1 경련과 발작을 일으키는 반려견, 어떻게 해야 할까?

저자의 말에 따르면 책의 주인공 시노는 17년을 살다가 노환으로 세상을 떠났는데, 개의 평균 수명보다 좀 더 오래 산 경우라고 할 수 있다. 본문에도 나와 있지만 시노는 생의 마지막 무렵에 경련과 발작 증세를 보이기도 했다. 반려견들이 보이는 경련 · 발작 증상(간질병)에 대해 조금 더 상세히 소개한다.

이런 병에 걸린 개들은 갑자기 수십 초 동안 의식을 잃거나 온몸에 경련을 일으키는데, 발작과 경련이 멈추면 대부분 아무 일도 없었다는 듯 평소의 상태로 되돌아온다. 그러나 일부 반려견들은 발작 이후 물을 많이 먹거나 과거와는 다른 식습관을 갖기도 한다. 나의 반려견이 발작을 반복하는 상황이라면 일단 위급한 상태로 인식하고 가까운 동물병원에

가서 수의사의 진단을 받는 것이 좋다. 이 같은 경련과 증상은 짧게는 한 달 동안에만 몇 차례, 길게는 두세 달에 한 번씩 나타나기도 한다.

단순히 어떤 음식을 먹고 발작이나 경련을 일으키는 경우도 있다. 이런 경우는 대부분 중독성 물질을 섭취했을 가능성이 높다. 또한 심장사상충 예방을 안 했다면 심장사상충이나 기생충성 질환에 동시에 감염되어 발작과 경련을 일으킬 수도 있다.

경련과 의식을 잃은 반려견들은 증상의 정도에 따라 입에 거품을 내뿜거나 호흡곤란 증세를 보이기도 한다. 때로는 대소변을 지리는 경우도 있다. 발작의 원인은 반려견 뇌의 신경세포에 변화가 일어남으로써 긴장 상태가 되기 때문이다. 선천적으로 뇌에 이상이 있을 수도 있지만, 뇌의 염증, 종양, 외상 등이 원인이 되는 경우도 있다. 한편 과도한 스트레스가 뇌에 영향을 주어 발병하기도 한다.

발작과 경련을 일으키는 반려견에 도움이 되는 치료는 일반적으로 항간질제 사용을 처방한다. 이 약은 반려견의 발작을 억제시켜준다. 그 밖에 컴퓨터단층촬영(CT)이나 자기공명영상(MRI) 검사를 통해 외관상으로 보이지 않는 아픈 곳을 발견해 낼 수도 있다. 반려견이 발작 또는 경련을 일으킨다면, 우선 일시적인지 반복되는지의 여부, 언제 어떤 상황에서 증세를 보이는지 등을 메모해 두면 원인을 찾는 데 도움이 된다. 반려견이 발작 증세를 보일 때에는 견주가 침착함을 유지해야 한다. 주변이 어수선하고 소란하면 놀란 반려견이 주인을 구분하지 않고 물 수도 있다.

2 값비싼 사료보다 중요한 건, 꼼꼼한 예방접종

대한민국 법「대한민국 가축전염병 예방법 제15조 1항 '검사ㆍ주사ㆍ 약물목욕ㆍ면역요법ㆍ 또는 투약의 실시 등'」에 따르면 광견병 백신은 개와 고양이 등 반려동물에게 반드시 실시해야 하는 필수 사항이다.

---

(1) -중략-
가축전염병이 발생하거나 퍼지는 것을 막기 위하여 필요하다고 인정하는 때에는 농림수산식품부령이 정하는 바에 의하여 가축의 소유자 등에게 가축에 대하여 다음 각 호의 어느 하나에 해당하는 조치를 받을 것을 명할 수 있다.

1. 검사·주사·약물요법 또는 투약
2. 주사·면역요법을 실시한 경우에는 그 주사·면역요법을 실시하였음을 확인 할 수 있는 표시를 하여야 한다.

반려동물을 기르는 사람이라면 누구나 '내 아이가 아픈 곳 없이 지내

야 할 텐데' 하고 생각한다. 걱정을 묶어두려면 비용이 들더라도 반드시 지켜야 할 일이 있다. 바로 '예방접종'이다.

건강할 때에는 한없이 사랑스러워서 눈에 넣어도 아프지 않은 내 새 끼겠지만, 내가 기르는 반려동물이 조금만 아파도 늘 마음이 쓰이고 때 로는 성가신 일처럼 느껴지기도 한다. 하루에도 길에 버려지는 수많은 반려동물들 대부분은 아픈 곳을 치유받지 못한 아이들이다. 이런 반려 동물들의 주인은 아마도 이런저런 핑계와 이유로 예방접종을 게을리 했 을 가능성이 높다. 반려동물을 키우면서 늘 좋을 수만은 없다. 경우에 따 라서는 행복보다 더 긴 고통의 시간을 가질 수도 있다. 그렇더라도 초심 을 잃지 않고 끝까지 책임져야 한다.

아이가 아프거나 할 때에는 책임감을 갖고 치료해 주어야 하는 것이 반려인들이 가져야 할 기본 마음자세일 것이며, 그 시작은 예방접종으 로부터 시작된다. 참고로 우리나라 반려동물들 중 가장 많은 사랑을 받 는 강아지와 고양이의 기초 예방접종 정보를 정리해 공유한다.

강아지 기초 예방접종 가이드

접종 시기	종합백신 (DHPPL)	코로나 장염	켄넬코프	광견병	기생충	심장사상충
생후 6주	1차					
생후 8주	2차				1회	
생후 10주	3차					미국 심장 사상충 연구회 가이드 라인 : 1년 내내 매달 예방 및 연 1회 검사 권장
생후 12주	4차	1차	1차			
생후 16주		2차	2차	1차		
1년				2차	1회	
추가 접종	1년 1회	1년 1회	1년 1회	1년 1회	1년 2회	

고양이 기초 예방접종 가이드

접종 시기	종합백신	백혈병바이 러스(범백)	전염성 복막염	광견병	기생충	심장사상충
생후 8주	1차				1회	
생후 12주	2차					미국 심장 사상충 연구회 가이드 라인 : 1년 내내 매달 예방 및 연 1회 검사 권장
생후 16주	3차	1차	1차	1차		
1년				2차	1회	
추가 접종	1년 1회	1년 1회	1년 1회	1년 1회	1년 2회	

* 위의 표는 일반적인 접종 시기 가이드로, 정확한 예방접종 시기는 반려동물의 컨디션이나 환경에 따라 조금 달라질 수 있습니다. 따라서 참고사항 정도로 알아두기를 바라며, 전문 수의사와 상담 후에 진행하기를 권장합니다.

3 견종에 따라 사망 원인이 다르다?

　미국 조지아 대학교 수의대에서는 지난 20년 동안(1985~2004년)에 죽은 약 7만 4,000마리의 개들의 사망 원인을 분석한 바 있다. 자료가 좀 오래되긴 했지만, 미국보다 다소 뒤져 있는 국내 반려동물 문화의 확장 및 성숙도를 고려하면 그럭저럭 참고할 만한 자료가 될 듯하다. 자료에 따르면 반려견들의 사망 원인 중 최 상위 세 가지는 위장 문제, 신경계통 문제, 근골격계 문제인 것으로 파악되었다. 이는 반려견들의 모든 연령대에서 고루 나타나는 사망 원인이라는 결과치다.

　그런데 자세히 들여다보면 견종의 크기에 따라 사망 원인이 달리 나타났다. 몸집이 몸집이 큰 대형견의 경우, 위장과 근골격계 문제로 사망하는 비율이 높은 반면에 소형견의 경우에는 암으로 사망하는 비율이 전반적으로 높게 나타났다. 즉 소형견이 암으로 죽는 비율이 대형견보다 높다는 의미이다. 소형견들은 암을 포함하여 내분비기관계 및 대사 질환 문제가 높은 사망 원인인 것으로 조사되었다.

참고로 다른 종들보다 특정 질환에 취약한 모습을 보이는 견종을 정리해 보았다.

취약 질환	견종
암 질환	골든리트리버, 부비에 데플랑드르, 복서 등
신경계 질환	닥스훈트, 비글, 페키니즈, 비글, 비숑프리제, 웰시코키, 미니어처핀셔, 바셋하운드, 보스턴테리어, 라사압소 등
심혈관계 질환	말티즈, 치와와, 도베르만핀셔, 뉴펀들랜드, 폭스테리어 등
호흡기계 질환	불독, 아프간하운드, 비즐라 등

4 개와 고양이가 한집에서 잘 지낼 수 있을까?

'성격이나 행동이 전혀 다른 두 동물을 한 공간에서 잘 키울 수 있을까?'

이런 궁금증을 가진 반려인들이 많다. 개만큼이나 고양이에 대한 인기가 많은 미국, 그리고 유럽에서는 한집에서 고양이와 개를 여러 마리씩 키우는 것이 대수롭지 않은 일이다. 우리나라에서도 이런 가정이 늘고 있다. 결론적으로 말하자면, 둘이 서로 잘 지내고 못 지내고의 문제는 개와 고양이들이 가진 성격의 문제라고 보면 될 것 같다. 고양이와 개가 둘도 없는 단짝이 되어 서로를 의지하기도 하지만, 모든 개와 고양이가 문제없이 잘 지낼 수 있다고 일반화하기엔 무리가 있다. 본문의 주인공 시노와 쿠우는 일반적인 개나 고양이들이 가진 성격과는 조금 다른 모습을 보이고 있다. 개의 경우, 솔직하고 뚜렷한 감정 표현을 하는 반면에 고양이들은 조용하고 은근히 자기의 감정을 표현한다. 시노와 쿠우가 보여준 모습과는 정 반대인 것이다.

　참고로 사냥개 품종들은 고양이를 놀라게 하거나 책장 위로 쫓아 보내는 것을 재미있어 한다. 그리고 질투심이 많은 개들은 한 집안의 고양이를 경쟁자로 생각해 해코지하거나 으르렁대며 노골적으로 적대감을 표시하기도 한다. 조용하고 은근히 감정을 표현하는 고양이 입장에서는 개의 솔직하고 뚜렷한 감정표현이 부담스러울 수 있다. 개는 고양이가 자신을 그다지 좋아하지 않는다고 생각할 수도 있는데 아무튼 개와 고양이가 가진 성격에 따라 단짝이 될 수도 있고, 서로 못 본 척 지낼 수도 있다. 최악의 경우에는 말 그대로 '개와 고양이 같은 앙숙'이 되기도 한다.

　따라서 이미 한 종을 키우는 집에서 다른 종을 입양할 때는 미리 개와 고양이가 1~2주 정도 함께 지내도록 시간을 주고 지켜본 뒤 입양을 결정하는 것이 좋다. 처음 만났을 때는 어느 정도 다툼이 있게 마련인데, 주인이 불안해하거나 꾸중하면 오히려 서로 친해지는 데에 걸리는 시간이 길어진다. 서로 사납게, 격렬하게 싸우지 않는다면 참견치 말고 모른

척한다. 개와 고양이는 어릴수록, 서로 체격이나 힘 등이 비슷할수록, 이전에 다른 개나 고양이와 친하게 지내본 경험이 있을수록 서로를 받아들이기 쉽다.

부록 내용 참고자료 및 출처

1. 간질 증세로 경련과 발작을 일으키는 반려견, 어떻게 해야 할까?
   《내 강아지를 위한 질병 사전(2014)》 코구레 노리오(저) / 작은책방

2. 값비싼 사료보다 중요한 건, 꼼꼼한 예방접종
   「대한민국 가축전염병 예방법」
   미국심장사상충연구회(AHS, American Heartworm Society)
   https://www.heartwormsociety.org/

3. 견종에 따라 사망 원인이 다르다
   라온 동물병원 블로그, 미국조지아 대학교 수의대

4. 개와 고양이가 한집에서 잘 지낼 수 있을까?
   《고양이 기르기(잘먹고 잘사는 법 시리즈 014)》 2004년 9월 / 김영사

치매에 걸린 강아지와 간호하는 고양이

시노와 쿠우

초판 1쇄 발행 2020년 2월 20일

지은이 하루(晴)
펴낸이 정광성
펴낸곳 알파미디어

기획·편집 김형석
디 자 인 한희정

출판등록 제2018-000063호
주소 서울 강동구 천호대로 1078, 208호(성내동 CJ나인파크)
전화 02-487-2041 / **팩스** 02-488-2040

ISBN 979-11-963968-2-4 (03830)
값 13,800원

이 도서의 국립중앙도서관 출판예정도서목록(CIP)은 서지정보유통지원시스템 홈페이지(http://seoji.nl.go.kr)와 국가자료종합목록 구축시스템(http://kolis-net.nl.go.kr)에서 이용하실 수 있습니다. (CIP제어번호 : CIP2020000950)

출판을 원하시는 분들의 아이디어와 투고를 환영합니다.
alpha_media@naver.com